GIUNTI EDITOR

Testi: *Mario Lodi*
Illustrazioni: *Diletta Liverani*
Progetto grafico: *Lorenzo Pacini*
Redazione e impaginazione: *Il Paragrafo, Udine*

www.giunti.it

Via Bolognese, 165 - 50139 Firenze - Italia
Via Dante, 4 - 20121 Milano - Italia

Ristampa	Anno
6 5 4 3 2 1 0	2011 2010 2009 2008 2007

Stampato presso Giunti Industrie Grafiche S.p.A. – Stabilimento di Prato

Mario Lodi

IL MISTERO DEL CANE

Illustrazioni di Diletta Liverani

GIUNTI Junior

Cap. 1

QUEL NATALE

Questa storia incomincia un giorno di Natale di tanti anni fa, quando io avevo dieci anni e non volevo indossare i pantaloni lunghi.

I pantaloni e la giacca nuova me li aveva fatti mia madre: mi aveva preso le misure, aveva comperato la stoffa di un bel grigio-azzurro, aveva tagliato e cucito e ora erano lì sulla sedia, accanto al letto. La mamma insisteva che li mettessi perché diceva che ero già grande, ma io non volevo.

«Non li metto!» insistevo.

Non volevo entrare nel mondo dei grandi perché i grandi, pensavo, non giocano mai, lavorano e basta. Noi bambini invece, con le braghette corte estate e inverno, correvamo nei campi, saltavamo le pozzanghere e i graffi sulle ginocchia guarivano subito all'aria.

La mamma era lì davanti a me, paziente ma decisa.

«Svelto, che presto suonano le campane della messa grande!»

Aveva i pantaloni in mano.

«Almeno provali!» disse lei con gentile fermezza.

E me lo disse in un modo che non potei fare a meno di allungare le gambe. E lei me le infilò nei pantaloni.

Poi lasciai fare tutto a lei: vi infilò la camicia nuova, abbottonò, tirò la cintura al punto giusto, mi fece indossare la giacca e mi accompagnò davanti allo specchio.

«Perfetto» disse.

Prese dall'armadio il "chiribiri" blu e me lo mise in testa, sulle ventitré.

«Guarda che bello che sei. Sembri un damerino!» esclamò.

«Che caldo» brontolai.

«Fuori c'è la brina e il ghiaccio, e starai bel caldo».

«E mi pizzicano le gambe!»

«È la stoffa nuova, ma poi ti abitui e non senti più nulla!»

«Però lui non li ha!» dissi indicando mio fratello Silvano che si era appena infilato i pantaloncini corti.

«Lui ha sette anni, è ancora un bambino» rispose. Silvano allora le disse:

«Me li fai per Pasqua?».

Ma la mamma non aveva tempo da perdere, ci mise in ordine e ci raccomandò di andare a vedere il nuovo presepio, che lei aveva visto alla messa di mezzanotte.

«È bellissimo. E state vicini».

«Io vicino a lui non ci sto» le dissi «perché lui è ancora un bambino e io ho i pantaloni lunghi come i grandi. E mi ridono dietro».

«E va bene» disse mamma. «Tu vai con i grandi e lui con i piccini» e amorevolmente ci spinse fuori dalla porta.

C'era il sole e una luce chiara che illuminava le case. Le campane si misero a suonare a festa.

«Presto! Presto!» diceva lei e ci guardava dal cancello mentre andavamo verso la chiesa, tenendoci per mano.

L'aria era davvero fredda. Lungo la strada l'erba del fosso era bianca di brina. Silvano ne strappò un filo e me lo mostrò.

«Ha i baffi bianchi come quelli del nonno».

Ma io non avevo voglia di ridere. Camminavo sul ciglio e guardavo sul fondo del fosso il serpentino di ghiaccio che si era formato dove c'era un po' d'acqua.

Silvano a un certo punto saltò dentro con i piedi e mandò in pezzi le croste di ghiaccio. Saltò su divertito e ogni due o tre passi si buttava dentro a rompere le lastre dure. Avrei voluto farlo anch'io ma quei maledetti pantaloni lunghi si sarebbero sporcati. Lui invece saltava su e giù come un capriolo, e a un tratto la lastra si ruppe e la punta della scarpa affondò nel fango.

Saltò su di scatto, strappò un po' d'erba per pulirsi e l'aiutai.

E fu in quel momento, mentre strappavo un ciuffo d'erba, che vidi qualcosa nel fosso poco più in là: qualcosa di bianco e peloso che si confondeva con l'erba e con la brina.

Mi fermai e fissammo tutti e due la "cosa".

«Cos'è?» domandò Silvano.

Ci avvicinammo cauti.

«Una bestia» disse lui.

«Un cane» dissi osservando la sua testa appoggiata sulla riva del fosso.

«È morto» sussurrò lui.

"Forse è morto davvero" pensai, e appoggiai la mano sulla testa del cane, che aveva gli occhi chiusi e pareva che non respirasse.

Anche Silvano, con la punta del dito, lo toccò.

«È freddo» disse.

Il pelo era freddo, ispido, e io feci scivolare la mano più giù, sulla pancia e ve la tenni un po' e sentii qualcosa che batteva: il cuore!

«Respira ancora» dissi indicando il ventre che si alzava e si abbassava lentamente. «È vivo!» gridai.

«Ma perché non apre gli occhi?» diceva Silvano.

«Sta per morire, bisogna salvarlo» dissi. E pensai che cosa si potesse fare subito per salvarlo.

Cap. 2

IL CUORE BATTE ANCORA

«Vado da Paolino» dissi, e m'incamminai verso la sua casa, che era poco più in là, sulla stessa strada.

«E io?» piagnucolò Silvano.

«Tu resta lì. Vengo subito».

«E se muore?»

Lo lasciai là e corsi da Paolino, lo chiamai dalla finestra: era già pronto anche lui per andare alla messa e uscì.

Gli raccontai in fretta che là nel fosso c'era un cane che stava per morire e bisognava salvarlo. Corremmo là e subito Paolino disse:

«È grosso, ci vuole la carriola».

Sparì di corsa verso casa e dopo un minuto era lì con una carriola da muratori.

Che fatica tirarlo su. Era pesante, e la testa gli penzolava. Silvano gliela prese in mano e la teneva sollevata, mentre io lo sollevavo per le zampe, una delle quali era spezzata. Paolino lo prese per la vita e, unendo gli sforzi, riuscimmo a sollevarlo e a caricarlo sulla carriola. La testa era insanguinata.

«Ma è davvero ancora vivo?» domandò Paolino e avvicinò l'orecchio al torace per sentire se il cuore batteva ancora. «Il cuore batte, ma piano» disse.

In quel momento si aprì una finestra della casa di fronte e una donna anziana ci domandò che cosa stavamo facendo.

«Portiamo via un cane ferito» disse Paolino.

La donna allora gridò:

«Ecco cosa è successo stanotte alle tre: è passato un camion e ho sentito un colpo e subito dopo un cane che piangeva, che piangeva, poverino. Sarà andato sotto il camion, ho pensato. Stamattina sono andata alla prima messa, credevo di trovare il cane morto ma non c'era nulla e allora ho pensato che l'avevo sognato...».

«Era nel fosso» dissi io.

Lei stava ancora parlando quando noi eravamo già arrivati al portone di Paolino.

«In fondo al cortile c'è una stalletta vuota, lo mettiamo là» disse Paolino mentre apriva il portone.

La stalletta aveva una porta che si chiudeva con il paletto. Levammo il paletto e guardammo dentro: la stanzetta era piccola ma pulita, col pavimento in cemento. A una parete c'era un finestrino con l'inferriata.

Paolino indicò un angolo e disse:

«Lo mettiamo qui, ma il pavimento è freddo».

Uscì in fretta e ritornò subito con una vecchia coperta rappezzata. La piegò in due e la distese sul pavimento.

Riprendemmo il cane fra le braccia e come tre infermieri lo posammo adagio sulla coperta, che era il suo letto.

«Bisogna coprirlo» dissi «perché anche qui c'è freddo».

Paolino uscì di nuovo e noi lo seguimmo: cercammo nei pollai, sotto il portico, in can-

tina. Ma non c'era nulla che potesse servire. Allora Paolino entrò in casa e tornò quasi subito con un plaid a colori vivaci. Lo piegammo in due e glielo posammo sul corpo, lasciando fuori il muso per farlo respirare. Mio fratello Silvano gli carezzava la testa macchiata di sangue e gli diceva piano nell'orecchio:

«Se sei vivo, perché non apri gli occhi? Uno solo... siamo tuoi amici...».

Ma il cane giaceva disteso sul fianco, con il muso sul terreno, come morto. Solo quel leggero respiro che alzava appena appena la coperta ci diceva che era ancora vivo e ci faceva sperare.

E ora?

Suonarono di nuovo le campane: la messa era finita e noi l'avevamo perduta.

I miei pantaloni nuovi e la giacca erano pieni di peli e cercai di spazzolarli alla meglio con le mani. Anche Paolino aveva il cappotto sporco, la bava del cane gli si era raggrumata su una manica, insieme a tracce di sangue.

Nel pollaio c'era una conca con dell'acqua per le galline, in parte ghiacciata: inzuppai un fazzoletto e cercai di pulire come potevo il cappotto di Paolino. Intanto mio fratello piagnucolava:

«La mia scarpa è sporca… ho il piede bagnato...».

«Papà e mamma non ci hanno sentito» disse sottovoce Paolino. «Usciamo!»

E ritornammo in strada.

La donna ora parlava con un uomo e l'uomo le diceva:

«Li tengono fin che servono, poi allevano i cuccioli e i vecchi li fanno fuori, o li buttano dalle macchine in corsa per farli perdere...».

Entrammo in chiesa mentre la gente usciva. Ma davanti al presepio c'erano ancora bambini e adulti che ammiravano le statue di Gesù Bambino, Maria, Giuseppe e i pastori con le pecore dentro una grande capanna illuminata, sopra la quale erano appesi gli angeli che cantavano.

Io guardavo le statuine e pensavo al cane

che là, nella stalletta, forse moriva. Forse era già morto.

Anche Paolino e mio fratello Silvano, accanto a me, guardavano il presepio e non dicevano niente, forse pensavano la stessa cosa.

Allora mandai un pensiero a Gesù, gli dissi:

«Gesù, non fare morire il nostro cane».

Paolino mi disse in un orecchio:

«Non diciamolo a nessuno dove l'abbiamo messo».

«Neanche a Gesù?» gli dissi.

«Beh, a lui sì, tanto lui sa tutto!»

«Neanche alla mamma?» sussurrò Silvano.

«A nessuno» disse Paolino.

Cap. 3

IL VETERINARIO

A casa mi rinchiusi in camera con Silvano senza farmi vedere dalla mamma, indaffarata in cucina con la nonna; mi levai i pantaloni e la giacca e cominciai a spazzolarli per togliere i peli bianchi che vi erano rimasti attaccati. Silvano si levò le scarpe, le mise ad asciugare vicino alla stufa e cominciò a pulirle togliendo con una steccolina i pezzetti di fango che vi erano rimasti appiccicati.

«Perché non bisogna dire che abbiamo salvato il cane?» mi domandò Silvano.

«Non mi fido molto dei grandi» gli dissi.

«Ma noi abbiamo fatto una cosa buona, no?» riprese lui.

«Sì, ma forse non capirebbero. Meglio stare zitti. D'accordo?»

«Sì» disse lui.

Quando papà tornò, la mamma ci chiamò e pranzammo: agnoli in brodo, il pollo lessato con la mostarda, la torta di mele che aveva portato la nonna e anche il torrone. Il papà stappò una bottiglia di spumante e brindammo. Anche Silvano volle un po' di vino e brindò anche lui e disse:

«Buon Natale a tutti e anche a...».

Lo fulminai con una occhiata e lui stette zitto.

«Anche a chi?» chiese papà.

«Niente, niente» disse Silvano confuso, e tacque mentre gli altri risero.

Anch'io durante il pranzo pensavo al cane. Pensavo: "Chissà se è ancora vivo".

Appena finito, infilammo il cappotto e andammo da Paolino.

Ci aspettava.

«Andiamo» disse.

Attraversammo il cortile e ci fermammo davanti alla porta della stalletta. Ascoltammo da fuori: nessun rumore.

Paolino levò il paletto e aprì pian piano la porta.

Il cane era ancora là, immobile, il muso fuori dal plaid, gli occhi chiusi, come prima. Gli posai una mano sulla testa, sollevai il plaid: respirava ancora, debolmente, ma respirava. Avvicinai l'orecchio al muso e sentii un rantolino.

«Ha fatto pipì» disse Silvano indicando la coperta bagnata. Poi gli si avvicinò e gli disse piano nell'orecchio: «Cagnone, svegliati, che ti porto il latte».

Ma il cane sembrava non sentisse nulla: era ancora nella stessa identica posizione di prima, coricato su un fianco, la testa abbandonata in avanti. Ma non c'era sangue intorno.

«Bisogna dargli qualche medicina, fargli qualche puntura» dissi.

«Per sapere cosa fare bisogna sentire il dottore» disse Paolino. Mi si avvicinò e mi disse sottovoce: «Sai chi ci potrebbe aiutare? Rossella. Suo zio è veterinario. Se lei glielo dice, forse viene».

Silvano, che aveva sentito, ci disse:

«Non bisogna dirlo a nessuno!».

«Ma qui si tratta di salvare la vita del cane!» gli rispose Paolino.

Rossella era una nostra compagna di scuola. Abitava in piazza, sopra la forneria di suo padre. Suonammo e venne proprio lei alla finestra.

«Che c'è?» disse, un po' meravigliata di vederci. Le facemmo cenno di scendere e lei venne subito.

Le raccontammo tutto.

«Ci vado subito!» disse. «Voi intanto andate a casa e aspettateci là».

Poco dopo infatti Rossella e il veterinario erano là.

Entrammo nella stalletta e noi, intorno a lui, osservavamo in silenzio che cosa faceva. Tolse il plaid, toccò una zampa, e il corpo del cane ebbe un sussulto. Poi gli prese la testa fra le mani e toccò il muso e il collo con le dita. Spostò le altre zampe, palpò il petto, ascoltò il rantolo del respiro. Rimase un attimo in silenzio, poi disse:

«Ha delle ossa rotte. Se ha emorragie interne non passa la notte. In questi casi è meglio finirlo, come fanno i cacciatori con i cani che non servono più».

«Ma noi non siamo cacciatori!» gli disse Silvano, che aveva capito tutto.

«Un colpo e lo liberate dalla sofferenza» disse. Sollevò di nuovo il plaid e lo guardò: «È un bello spinone. Sono cani intelligenti» disse fra sé. Poi si rivolse a noi:

«Posso avvisare il guardiacaccia, che fa tutto lui».

Ci guardammo in faccia meravigliati e io per primo gli dissi:

«No».

E Paolino aggiunse:

«Noi vogliamo salvarlo, non ucciderlo!».

«Poverino» disse Rossella sottovoce, e gli ripiegò il plaid sotto il collo, come si fa con i bambini piccoli nella culla.

Silvano mi strinse la mano forte:

«Ha detto che muore?» mi chiese.

Il veterinario lo sentì, e disse:

«Vi capisco, ma dovete ragionare: se si salverà sarà per sempre un cane zoppo e inutile. Un peso».

Mentre il veterinario usciva, sentii Rossella che gli diceva:

«Lasciali fare, zio. Lo hanno salvato, non lo vogliono uccidere».

In cortile incontrammo il papà e la mamma di Paolino, che scoprirono tutto. Vennero a vedere anche loro il cane e scossero il capo.

«È in coma» disse il papà.

Vollero sapere dove l'avevamo trovato e mentre io gli raccontavo tutto, Paolino andò in casa a prendere un piattino pieno di latte, e lo pose accanto al muso del cane, per farglielo annusare.

Ma il cane non diede segno di vita, giaceva immobile e respirava a fatica.

Tornammo a casa in silenzio, con un grande dolore dentro.

Cap. 4

IL SOGNO

Quella notte non riuscivo a prender sonno, mi voltavo e rivoltavo nel letto. Quando mi addormentai feci un sogno strano.

Io ero diventato un bambino piccolo ma ero anche un cucciolo di cane: afferravo le cose con le mani come fanno i bambini, ma per distinguerle e ricordarmele le annusavo. Annusavo tutto, come fanno i cani. Camminavo a quattro zampe, parlavo e abbaiavo.

Avevo un bel lettino, simile al mio, ma io non volevo dormire là. Quando la mamma non c'era, uscivo dal lettino e correvo in un angolo della stanza dove c'era una cassetta con dentro la paglia. Mi piaceva l'odore della paglia e là dentro mi raggomitolavo e dormivo. Dormivo e ascoltavo i rumori e distinguevo gli odori che arrivavano al mio naso. Sentivo lontano un altro cane che abbaiava e mi chiamava, e io capivo quel che mi diceva. Mi diceva che la notte era bella e che aveva voglia di giocare. Allora saltai dalla cuccia e cercai di uscire dalla stanza, ma tutte le porte erano chiuse. Cercai ancora e ne trovai una socchiusa, l'aprii e uscii.

Era davvero una notte meravigliosa, con la luna brillante in mezzo al cielo e le stelle intorno e tanti profumi di erbe e fiori che passeggiavano nell'aria. Io li annusavo tutti e li riconoscevo a uno a uno, e intanto andavo verso la voce lontana del cane che mi chiamava.

Cammina cammina arrivai a una cascina e là, legata a una lunga catena, c'era una cagnolina che piangeva perché era sola. Quando mi vide smise di lamentarsi e mi invitò a giocare con lei sotto il portico. Che salti, che corse, che bello giocare.

Mentre eravamo felici, ecco un'ombra nera davanti a me e due mani che mi afferrano e mi mettono in un sacco.

L'uomo mi portò a casa sua e mi legò alla catena e io dovevo stare sempre là. Poi l'uomo, che era un cacciatore, un giorno mi portò in campagna e mi insegnò che cosa dovevo fare: lanciava un bastone e dovevo correre a prenderlo e riportarglielo, dovevo annusare dappertutto e sentire se c'era l'odore della lepre o della quaglia o del fagiano, e se c'era, cercarli e farli uscire così lui sparava e li uccideva. Io facevo quel che mi insegnava ma mi dispiaceva fare uccidere le lepri e facevo finta di non sentirle e di non vederle. L'uomo allora si arrabbiava e mi picchiava. E un giorno mi prese, mi caricò su un camion e mi portò lontano, e quando il camion andava forte mi buttò giù. Mi pareva di volare e a un tratto sentii un gran colpo e poi più nulla.

Ero caduto dal letto, ed ero ritornato bambino. E subito pensai al cane ferito. Volevo alzarmi e andare da Paolino ma era ancora notte. Ritornai nel letto e pensavo allo strano sogno. Accanto a me, nel suo lettino, Silvano dormiva tranquillo.

Aprii le imposte e guardai fuori: era ancora buio, non c'era la luna piena e il cielo era pieno di nuvole. Lontano, una debole luce cominciava a rischiarare il mondo. Era l'alba.

Mi fermai a guardarla meravigliato: l'orizzonte mandava a poco a poco una luce sempre più chiara che a un certo punto diventò rosata. Il cielo diventò luminoso, e anche le nuvole, che prima erano grigie, diventarono giallo-rosate e poi rosa, violetto, e infine bianche.

E quando tutto il cielo fu pieno di luce, suonarono le campane della prima messa. Si accese la luce a qualche finestra. Si udirono i primi passi. Qualche camino cominciò a mandare fili di fumo che volavano sopra i tetti. Sorgeva il sole e pensavo al cane.

Alle otto, mentre Silvano dormiva ancora, mi alzai. La mamma era già in piedi e mi disse:

«Vai da Paolino a vedere il cane?».

«Chi te l'ha detto?» le chiesi.

«Lo sanno tutti» mi rispose.

Meglio così, pensai.

Paolino era ancora a letto e l'aspettai. Scese subito e senza lavarsi mi disse:

«Andiamo».

Davanti alla stalletta ci fermammo ad ascoltare, sperando di sentire qualche rumore di vita: magari il cane era già in piedi e grattava la porta per uscire.

Aprimmo la porta adagio.

Il cane era là, immobile, nella stessa posizione della sera prima. Il piattino era ancora vicino al suo muso, pieno di latte.

Non avevamo il coraggio di avvicinarci per sentire se il cuore batteva ancora. Alzai il plaid e guardammo la sua pancia: respirava!

«È vivo!» esclamai.

Scappai di corsa a casa, svegliai Silvano:

«È vivo!» gli gridai nell'orecchio.

Silvano si stropicciò gli occhi, cercò di ricordare, capì e disse:

«Allora...».

«Sì, è vivo!» gli ripetei.

«... allora il veterinario ha detto una bugia!» disse lui.

Cinque minuti dopo eravamo già là. Intorno al cane c'era anche Rossella e il papà e la mamma di Paolino, contenti anche loro come noi.

Cap. 5

I TURNI

Quel giorno di Santo Stefano, oltre alla bella notizia che il cane era ancora vivo, ci portò il dono della neve.

Cominciarono a cadere i primi fiocchi leggeri a metà mattina, poi diventarono sempre più fitti e grandi: il cortile, il cielo, la strada, tutto era pieno di farfalline bianche volteggianti che in poco tempo coprirono tutto.

Silvano si piantò a gambe larghe in mezzo al cortile, la testa rivolta al cielo e la bocca aperta:

«Io la neve la mangio!» diceva.

A mezzogiorno ce n'erano già dieci centimetri e si udivano le voci dei ragazzi che si chiamavano, correvano, si lanciavano palle di neve, si buttavano nella neve distesi.

Nel pomeriggio la nevicata aumentò ancora e mio padre mi chiamò a spalare la neve davanti a casa. Tutti si davano da fare per sgombrare i passaggi ma era fatica vana: dopo un po' bisognava ricominciare da capo. I grandi guardavano il cielo e dicevano: «Se continua così tutta la notte, domani ce n'è un metro!».

In una pausa andai da Paolino che stava anche lui spalando nel cortile, davanti alla stalletta del cane.

«Il cane avrà freddo, possiamo fare qualcosa?» gli dissi.

«Ho trovato dei vecchi sacchi per chiudere le fessure della porta e coprire il finestrino. Mi aiuti?» disse lui.

Dopo un po' il lavoro era fatto, ma non ci sembrava sufficiente per riparare il cane dal freddo della notte.

«Io ho trovato una vecchia coperta di lana» gli dissi, e andai a prenderla.

La posammo sopra il plaid.

«Avevo pensato di trasportarlo in casa,» disse Paolino «ma ho paura che sia rischioso muoverlo di qua. Bisognerebbe portare qui qualcosa che scalda».

Quando arrivarono Rossella e Silvano ne parlammo.

Paolino disse che una stufa non si poteva mettere perché non c'era la cappa, anzi non c'era nemmeno la stufa. Portare nella stalletta un braciere era pericoloso perché se il cane si alzava e si metteva a girare poteva bruciare le coperte e causare un incendio.

Rossella propose:

«E se gli portassimo delle borse di acqua calda? Qui, vicino al cuore, sotto la coperta. Il caldo può durare anche due ore».

L'idea ci parve bellissima e la mettemmo subito in pratica.

Paolino andò in casa, riempì la borsa dell'acqua calda e la posammo vicino al cane, fra la coperta di lana e il plaid. Dopo un po' c'era intorno al cane un bel tepore, che durò a lungo.

«Ne ho un'altra, vado a riempire anche quella?» domandò Paolino.

«Anch'io ce l'ho, me la mette sulla pancia la mamma quando mi fa male» disse Silvano».

Propose Rossella:

«Perché non facciamo i turni? Ogni due ore portiamo la borsa calda e portiamo via quella fredda».

«Anche stanotte?» chiesi io.

«Perché no?» disse Rossella. «Io ci sto, carico la sveglia e faccio il mio turno, se Paolino lascia aperta la porticina del cortile».

«Certo» disse lui «si può fare. Vicino alla porticina c'è un buco nel muro dove lascio la pila».

Così ci accordammo sui turni da fare e anche Silvano volle essere di turno, da solo.

«Di notte, nella neve, non hai paura?» gli dicemmo.

«Io no!» rispose con orgoglio.

«Sei proprio sicuro?»

«Sì».

«E se non ti svegli e il cane muore di freddo?» gli chiesi.

Ma lui era deciso.

«Mi sveglio, vedrai. Ho anch'io la sveglia!»

L'accordo sui turni era questo: ogni due ore uno di noi portava la borsa dell'acqua calda, la posava sotto la coperta e osservava come stava il cane. Avevamo tutti due borse, quindi non c'era il problema del cambio. Avrebbe cominciato Silvano alle dieci di notte, poi io a mezzanotte, Paolino alle due, Rossella alle quattro, e poi di nuovo Silvano alle sei.

Alle dieci mamma voleva accompagnare Silvano ma lui volle andare da solo: riempì la borsa di acqua bollente, l'avvolse in uno straccio per non scottarsi e per non raffreddarla, infilò il cappotto e se ne andò.

«Nevica ancora» osservò la mamma dalla sua stanza da letto.

Io intanto avevo caricato la sveglia sulla mezzanotte, e mi infilai sotto le coperte.

Seguivo Silvano col pensiero, e mi addormentai.

Quando squillò la sveglia, Silvano era nel suo letto e dormiva tranquillo.

Mi alzai, riempii la borsa e via. La neve

turbinava ancora ma leggera leggera e scintillava sotto la luce dei lampioni. C'era un gran silenzio tutt'intorno e anche i miei scarponi non facevano alcun rumore sulla neve. I rintocchi del campanile si sentivano appena.

Il cancelletto era socchiuso, la pila al suo posto. L'accesi e mi incamminai verso la stalletta. Le orme di Silvano si vedevano appena, ormai quasi cancellate dalla nuova neve. Spinsi la porta, la richiusi dietro di me. Illuminai il muso del cane che sporgeva dalle coperte e frugai sotto a cercare la borsa: era ancora tiepida. Posai quella calda tra le due coperte e avvicinai la faccia al muso del cane: respirava tranquillo, gli occhi chiusi, sempre nella stessa posizione. Posai una mano sulla testa e gliela tenni a lungo: mi pareva di trasmettergli così un po' del mio calore.

A casa caricai la sveglia per le sei, il secondo turno di Silvano, e m'infilai sotto le coperte.

Cap. 6

IL CERVINO

Il giorno dopo nevicò ancora. Nei cortili e nelle strade i bambini erano felici: costruivano pupazzi, scavavano buche come fortini indiani circondati da mura di neve e immaginavano scene di guerra contro i Bianchi che volevano cacciarli dalle loro praterie. Il cane era sempre immobile ma vivo e la speranza che si salvasse aumentava sempre più. Vicino a lui c'era sempre qualcuno di noi per coprirlo, cambiare l'acqua calda e spiare se c'era qualche novità. Ma non rinunciavamo a giocare.

Nel cortile di Paolino c'era tanto spazio e inventammo un gioco: con pale e badili liberammo un passaggio intorno e ammucchiammo la neve in fondo al cortile, sotto il fico.

A un tratto il grande mucchio ci fece venire l'idea di una montagna e disse Paolino:

«Dai, costruiamo il Cervino!».

Riprendemmo il lavoro e piano piano la montagna cresceva: era ormai più alta di noi. Ogni tanto qualcuno ci saliva sopra e con i piedi e la pala battevamo la neve per indurirla come le rocce, e quando la base era solida, alé, ci buttavamo sopra altra neve.

A poco a poco la cima diventò alta come i primi rami spogli del fico, a cui ci attaccavamo per non perdere l'equilibrio. Per salirvi avevamo scavato nel fianco dei gradini e in cima avevamo spianato una piazzola sulla quale salivamo uno alla volta perché due non ci stavano.

Da lassù immaginavamo di vedere giù la pianura con i laghi, le strade, le città. Era bello immaginare, e a un certo punto, salito in cima, gridai:

«Sono uno sciatore, non c'è una pista?».

Allora ci mettemmo a costruire una pista che dalla cima scendeva fino in fondo al cortile: la tracciammo usando una pala dal manico ricurvo che nessuno di noi aveva usato perché troppo larga e pesante. La pala tracciava la pista e per battere bene la neve uno di noi saliva sul piano della pala, dove ci stavano giusti giusti i due piedi uniti. Piegati i ginocchi, afferrato il manico rivolto in avanti, eravamo nella posizione dello sciatore in discesa. Gli altri tiravano il manico.

A poco a poco la neve battuta diventò dura come il ghiaccio e la pala cominciò a scivolare.

Allora cominciammo, a turno, a provare la pista: sulla cima si posava la pala, ci si chinava, si afferrava il manico, ci si dava una spinta e via. In principio la pala si fermava dopo qualche metro ma poi slittava sempre più, fino in fondo al cortile, dove si fermava contro un mucchio di neve.

Provammo e riprovammo diverse volte e mentre stavo scendendo a forte velocità sentii un grido; era la voce di Silvano, dalla porta della stalletta:

«Venite! Ha aperto un occhio!».

Il grido fermò il nostro gioco e andammo là. Tutto sembrava come prima, ma Silvano diceva:

«Ha fatto così» e strabuzzava gli occhi per spiegarci cosa aveva visto.

«Te lo sei immaginato» gli dicemmo.

Ma lui insisteva.

«No, l'ha proprio fatto, ha aperto un occhio, quello lì!» e indicava col dito quale.

Io e Paolino posammo, nello stesso istante, la mano sulla testa del cane e in quel momento il cane aprì davvero gli occhi, tutti e due, e ci fissava.

«Visto?» sussurrò Silvano. Poi tacque.

Eravamo emozionati e nessuno riusciva a dire una parola e staccare la mano. E a un tratto sentimmo un movimento: il cane tentava di muovere la testa e fece un verso strano, che non era un lamento. Era il primo segno di vita.

Silvano partì come un razzo per andare a dirlo a Rossella. Paolino lo disse a suo padre e a sua madre e poco dopo eravamo tutti intorno al nostro cane, che ci guardava con occhioni dolci, di un marrone scuro, e guaiva debolmente.

«Cosa dici?» gli diceva Silvano piano, parlandogli all'orecchio.

Cap. 7

IL LATTE NON C'È PIÙ

Cessata la nevicata, il freddo aumentò. La nostra pista era ghiacciata e bastava lasciarsi andare per volare giù sino alla fine del cortile. Anche quella notte facemmo i turni per l'acqua calda e al mattino trovammo una novità: il latte non c'era più, il cane l'aveva bevuto.

«Se ha fame, vuol dire che guarisce» disse Paolino.

Noi eravamo curiosi di sapere come avrà fatto a succhiare il latte sdraiato.

«Proviamo» dissi io e posai il tegamino pieno di latte vicino al suo muso.

Gli accarezzavamo la testa e gli parlavamo, e lui ascoltava le nostre parole, smetteva quel suo lamento e ci fissava, ora l'uno ora l'altro, girando gli occhi. A un tratto allungò il collo e portò il muso proprio vicino al tegamino.

«Ecco, ora ci fa vedere come fa a bere il latte senza biberon» dissi piano a Silvano.

Avevo appena finito di dirlo quando il cane aprì un po' la bocca e mandò fuori una lingua lunga color rosa e con la punta arrivò al latte. Allora cominciò a leccarlo, piano piano, goccia a goccia: fuori la lingua-dentro la lingua-fuori-dentro...

Silvano rideva a vedere tutto quel movimento per sorbire poche gocce di latte.

«Aiutiamolo» dissi e delicatamente, per non fargli male, gli sollevai un po' la testa mettendogli la mano sotto, mentre Paolino avvicinava il tegamino al muso.

«Io! Io!» disse Silvano, e Paolino gli passò il tegame.

Ora sì che era più comodo, infatti con poche leccate il tegamino era già vuoto.

«Ha fame!» dissi.

«Buon segno» aggiunse Paolino.

«Vado io a prendere altro latte!» disse Silvano e partì al galoppo.

Posai la testa sulla coperta e il cane lasciò fare, proprio come un bambino malato che si fa curare dalla sua mamma. Sbadigliò e ci mostrò così i suoi denti, tanti e bianchissimi.

Quando Silvano arrivò, ripetemmo l'operazione; versammo un po' di latte nel tegamino, gli alzavamo la testa e lui leccava lentamente, gustandolo. Lo bevve tutto e ancora un po'. Poi si lasciò andare, chiuse gli occhi e riposò. Dormiva tranquillo.

Si vedeva che era diverso da prima: prima era come morto, senza conoscenza; ora il suo respiro era più ampio e frequente e il suo muso dava segno di vita: un piccolo tic al labbro, e ogni tanto rizzava per un attimo un orecchio. E sbadigliava.

Silvano provò a chiamarlo:

«Cane!».

Lui aprì gli occhi un attimo e li richiuse. Udiva e rispondeva. Lo lasciammo riposare e tornammo a sciare. Ora eravamo due volte felici.

Quando arrivò Rossella le dicemmo tutto e andò a fargli visita. Poi giocò a sciare: era brava, si concentrava, afferrava il manico con le due mani, fissava avanti e filava giù nella scia di ghiaccio senza sbandare.

Invece Silvano usciva sempre di pista e rotolava sulla neve ghiacciata. Una volta la pala, uscita di pista, si impiantò nella neve e lui venne sbalzato fuori e andò a sbattere contro l'uscio della stalletta.

«Oh, abbiamo spaventato il cane!» disse palpandosi la fronte sotto la cuffia di lana. Ed entrò a vedere. «No, dorme ancora» disse. «Meno male!»

E riprendemmo a giocare.

Cap. 8

IL LETTO DI PAGLIA

Il giorno dopo altre novità: le coperte erano state buttate via e il cane aveva cambiato posizione. Non giaceva più tutto su un fianco ma un po' sulla pancia e un po' sul fianco. La testa era posata sulle zampe davanti ma una, la sinistra, si vedeva che era spezzata.

«Buon giorno!» gli gridammo entrando e lui voltò la testa verso di noi e fece un guaito.

«Ha risposto!» esclamò Silvano.

Rossella gli si avvicinò e gli domandò:

«Perché hai buttato via le coperte? Non sai che fa freddo tanto? Ora te le accomodo io per bene e tu fai il bravo e stai sotto a dormire. E quando sarai guarito verrai con noi a giocare sulla neve...». Mentre gli parlava alzò la coperta e... «Guardate! Muove il codino! È contento!» disse.

Il cane infatti muoveva a tratti il pezzetto di coda che gli era rimasto quando il suo padrone cacciatore gliel'aveva tagliata per evitare che la sbattesse contro i rami dei cespugli spaventando la selvaggina.

A ogni complimento il cane agitava il codino, così capivamo quel che gli piaceva e non gli piaceva. Se gli accarezzavi la testa agitava il codino come per dire:

«Mi piace, è bello».

Se gli toccavi la zampa rotta, allora no, guaiva per il dolore.

Non sopportava le coperte tirate su fino al collo, forse gli facevano paura, allora lo lasciavamo per metà scoperto.

Nel pomeriggio Rossella tornò con lo zio veterinario.

Gli disse:

«Hai sbagliato. Non è mica morto. E muove la coda».

«E ha leccato il latte» aggiunse Silvano. «Tutto. E poi ancora».

Il veterinario tolse le coperte.

«Non c'è bisogno di coperte» disse. «I cani hanno la pelliccia. Fategli un bel letto di paglia nell'angolo e lui sarà più contento».

Poi cominciò la visita: gli toccò la testa, le zampe, la pancia, gli guardò gli occhi, lo pizzicò.

«Febbre non ne ha più, o pochissima,» osservò «ma è conciato male, povera bestia. Qui ci sono due zampe fratturate e anche qualche costola. Se non ha lesioni interne gravi, se la può cavare. Ma resterà un cane zoppo e deforme, avrà perso tutto quello che un cane della sua razza deve avere: la sveltezza, la velocità, il mestiere del cacciatore».

«Ma con noi mica deve andare a caccia» gli disse Rossella.

Lo zio si meravigliò:

«Davvero volete tenerlo?».

«Se lui ci sta...» rispose Rossella. «Vero che lo teniamo?»

E noi tutti gli dicemmo di sì, decisi.

«L'abbiamo salvato e vogliamo tenerlo» dissi.

«Come un amico» aggiunse Paolino.

«Io gli porto sempre il latte» disse Silvano.

Ma il veterinario era perplesso. Ci guardò in faccia a uno a uno, poi ci fece una proposta:

«Ragazzi, se volete allevare un cane vi posso procurare io un bellissimo cucciolo. Questo, poveretto, la sua vita l'ha conclusa ormai, non serve più a nulla».

«Senti zio,» lo interruppe Rossella «tu ci devi dire se dobbiamo dargli delle medicine o fare qualcosa, ora, per guarirlo. Per il resto decideremo noi».

Il veterinario non insistette più. Disse che bisognava steccare le zampe rotte per far saldare le ossa fratturate.

Gli portammo pezze di tela vecchia, che lui tagliò come bende e con quelle fasciò strette le due zampe rotte.

Il cane lasciò fare senza ribellarsi, anche se soffriva, come se capisse tutto.

Quando il veterinario se ne andò, andammo in cerca di paglia e la trovammo sotto il portico di un vicino, che ce la regalò. Con la paglia facemmo il letto al cane e ve lo posammo. Ma il plaid glielo mettemmo ancora sulla schiena perché la sera già calava freddissima.

Cap. 9

BUON ANNO!

Ogni giorno il cane faceva qualche progresso. Il mattino lo trovavamo sempre scoperto, raggomitolato nella paglia e appena si apriva la porta, alzava la testa e ci fissava girando gli occhi di qua e di là.

E con i denti cercava di togliersi le fasciature strette che certamente gli davano fastidio perché non poteva piegare le zampe.

«Abbiamo capito» gli diceva Paolino. «Non vuoi le fasciature, ma le devi proprio tenere fin che sei guarito».

Allora il cane smetteva, come se avesse capito.

Mangiava sempre di più: il tegame del latte era sempre vuoto e Silvano glielo riempiva. Ora mangiava anche pezzi di pane bagnati nel latte, biscotti, pezzetti di carne cotta che tenevamo in disparte per lui. A tavola c'era sempre un piatto nel quale mettevamo i resti per il nostro cane. E a volte mamma ci diceva:

«Non vi pare che si scarti un po' troppo?».

La sera dell'ultimo giorno dell'anno, a cena, Silvano propose di preparare un piatto anche per il cane, non di resti ma di cose buone adatte a lui: una bistecca, una fetta di torta e un po' di risotto.

Dopo cena venne Paolino e ci invitò a casa sua a brindare al nuovo anno. Ci andammo tutti: io, Silvano, mamma e papà e la nonna. E portammo il cestino per il cane.

A mezzanotte il papà di Paolino stappò una bottiglia di spumante e brindammo al nuovo anno. Intanto si sentivano, fuori, i botti dei petardi e delle fucilate sparate in aria per uccidere l'anno vecchio. Paolino, a un certo punto, ci fece cenno di tacere e col dito alzato disse:

«Non sentite? Il cane abbaia».

Uscimmo nel cortile. Non si sentiva nulla. Ma dopo qualche istante altri colpi echeggiarono e il cane abbaiò.

«Questi colpi gli ricordano qualcosa» disse il papà.

«La caccia?» dissi.

«È probabile».

Entrammo nella stanzetta, che tenevamo sempre pulita come un salottino, e lui ci accolse festoso: dimenava il codino, guaiva di contentezza, tentava di sollevarsi sulle zampe, ci leccava le mani.

Quando Silvano andò a prendere il cestino con i doni, sentì subito col fiuto odor di cose buone, rizzò le orecchie, si tirò su a fatica su una zampa e quando Silvano gli porse un pezzo di carne, tremò tutto di piacere e lo ingoiò in un attimo, senza masticarlo. Mangiò la bistecca, il risotto, la torta, tutto. E leccò in terra tutte le briciole.

Tornammo a casa felici. Il cane ferito aveva unito noi ragazzi e anche le nostre famiglie. I genitori ci facevano capire che loro non c'entravano, che il cane era nostro e noi dovevamo provvedere a tutto e prendere le decisioni. A noi questo piaceva: era bello decidere da soli. E poi questo cane era ormai uno di noi, gli volevamo bene, gli pulivamo la cuccia come si fa con i bambini piccoli che non sanno ancora fare la cacca nel vasetto, in attesa che facesse tutto da solo.

Ma quando? A vederlo lì, impotente, incapace di alzarsi, ci faceva pena, ma eravamo sicuri che un giorno ce l'avrebbe fatta.

Cap. 10

IL GUARDIACACCIA

Un mattino bussò a casa mia un uomo: era il guardiacaccia. Ci disse che aveva sentito che avevamo raccolto un cane ferito e voleva sapere come e quando, e dov'era il cane. Io e Silvano gli raccontammo tutto e poi l'accompagnammo da Paolino a vedere il cane.

Il cane era felice, agitava la coda, guaiva come ogni volta che gli portavamo il latte.

Mi chinai, gli feci una carezza e gli dissi:

«Buono, è presto per la pappa. Ora c'è la visita di questo signore che ti vuole conoscere».

Il guardiacaccia lo osservò un po' e disse:

«È un bello spinone. Bravo da lepri, da quaglie, da tutto. Povera bestia, sei conciato male». Si rivolse a noi: «E ora che ne fate?».

«Niente. Se lo lasciavamo là, moriva».

«Era meglio» disse lui.

«Perché?»

«Perché non avrebbe sofferto e non avrebbe messo voi nei pasticci».

Risposi io: «Ma noi non siamo nei pasticci, gli vogliamo bene, lo curiamo, lo facciamo guarire».

«E dopo? Sarà sempre un buono a nulla» disse lui.

In quel momento arrivò Rossella con la zuppa di latte. La versò nella ciotola e il cane cominciò a leccare con voracità.

«Piano, ti ingozzi» gli raccomandò Rossella.

Tutti lo guardavamo mangiare: era un piacere vedere la sua fame insaziabile soddisfatta.

«Sarà per voi una bella spesa mantenerlo!» disse il guardiacaccia.

«Mio padre fa il fornaio e il pane che avanza è per lui» rispose calma Rossella.

E Paolino: «Noi siamo quattro e gli portiamo gli avanzi».

Il guardiacaccia cambiò discorso:

«Bene, la fame non la patisce con voi. Però c'è dell'altro».

«Cosa c'è?» chiesi io.

«C'è che i cani devono essere denunciati in Comune e bisogna pagare la tassa».

Ci guardammo in faccia sorpresi. Non lo sapevamo.

«Va bene, la pagheremo» disse Paolino. E si fece dire come si doveva fare.

«Io ho il salvadanaio pieno» disse Silvano.

Ma il guardiacaccia non se ne andava. Si chinò sul cane, gli toccò le zampe e il cane guaì di dolore.

«Non camminerà più» disse lui. «Voi pensate di salvarlo e lo fate solo soffrire!»

«Ma lui è contento di essere vivo» disse Rossella. «Se gli faccio una carezza muove la coda...»

«Sì, capisco. Ma se vi piace avere un cane come amico, perché non prendete un bel cucciolo? Ve lo allevate, lo educate come volete voi. Bello, sano, svelto, non una "carrozza" come questo qui». Fece una pausa e riprese: «Se lo date a me, vi assicuro che non soffrirà, anzi non se ne accorgerà nemmeno. L'ho già fatto tante volte con i cani infelici. Me lo prendo e domani vi porto qui il cucciolo. Ho là fuori il furgone, lo carico e voi avete finito di tribolare. E anche lui».

Noi avevamo ascoltato le sue parole immobili e stravolti.

Subito non avevo capito che cosa voleva ma poi tutto diventò chiaro: "Lo vuole ammazzare!" pensai. E dissi forte:

«No. Lo teniamo!».

Rossella aggiunse subito:

«Non vogliamo farlo morire!».

E Paolino:

«Pagheremo la tassa, faremo tutto quel che ci vuole ma il cane resta qui!».

Silvano scoppiò a piangere.

«Non voglio farlo morire! Va' via! Va' via!» gridava e spingeva il guardiacaccia per le gambe.

Il guardiacaccia non se ne andava. Allora Paolino aprì la porta e chiamò suo padre. Gli disse cosa voleva la guardia e suo padre disse:

«Sono loro che devono decidere che cosa fare».

Paolino disse:

«Abbiamo già deciso!» e indicò la porta al guardiacaccia che se ne andò brontolando parole che non capimmo.

Cap. 11

UN CANE SENZA NOME

Dopo la visita del guardiacaccia diventammo ancora più amici, fra noi e col cane.

Uno degli ultimi giorni delle vacanze natalizie andammo tutti insieme all'Ufficio del Comune a denunciare il cane e a pagare la tassa. Ma l'impiegata disse che la tassa non si doveva pagare subito, sarebbe arrivata la carta alla famiglia e bisognava scegliere quale famiglia.

«Mio papà credo che accetterà» disse Paolino.

«Anche il mio» dissi io.

«Però» osservò Rossella «noi dobbiamo raccogliere i soldi e restituirglieli, perché il cane è nostro».

«È mio!» disse Silvano.

Rossella, con pazienza, gli fece capire

che, anche se lui l'aveva visto per primo nel fosso, ora il cane era anche di chi l'aveva curato, insomma di tutti.

«Però anche mio!» ribatté lui.

Tornati a casa ne parlammo con i genitori e loro lasciarono scegliere a noi.

Rossella propose di scrivere su tre biglietti il nome delle nostre famiglie, di metterli in un berretto e di farne estrarre uno a Silvano. Toccò a mio padre.

E così tornammo in Comune col nome della famiglia che avrebbe pagato la tassa del cane. L'impiegata ci spiegò le regole: fuori di casa il cane doveva essere tenuto al guinzaglio e avere la museruola e la targhetta, altrimenti la guardia avrebbe dato la multa o portato via il cane.

«Via dove?» domandò Silvano.

«Al canile, dove stanno i cani smarriti e randagi» spiegò lei.

«E dopo?»

«Dopo non so» disse. «Se viene il padrone a ritirarlo paga la multa e se lo porta a casa, se no...»

«Se no cosa...» incalzò Silvano, curioso.

«Se no viene ammazzato».

«Ma io ci metto il collare, la targhetta e il guinzaglio e non lo prendete mica» esclamò Silvano mentre lei scriveva.

L'impiegata finalmente si voltò verso Silvano e gli fece un sorriso.

«Vuoi bene al tuo cagnolino, vero?»

Silvano rise.

«È un cagnone, non un cagnolino. Lo sai che è lungo così?» e allargò le braccia più che poté.

«Che nome ha?» domandò l'impiegata.

Silvano non sapeva cosa rispondere e si voltò verso di me.

«Non lo sappiamo... l'abbiamo trovato sulla strada ferito» dissi io.

L'impiegata fece un risolino.

«Un cane senza nome!» disse.

Tornando a casa Silvano cominciò a pensare al nome del cane. Disse:

«Il suo padrone gliel'ha dato il nome quando l'ha battezzato?».

A questa battuta ridemmo, ma Silvano ribatté, serio: «Volevo dire, quand'era piccolo, che il suo padrone l'ha comperato, l'avrà chiamato con un nome no? Io dico che il nome ce l'ha. Oggi glielo chiedo».

«A chi?» chiese Rossella.

«A lui, al cane!»

Altra risata.

«Perché, il cane parla con te?» riprese Rossella.

«Insomma, non capite niente» disse Silvano. «Lo so che il cane non parla come noi, però io mi faccio dire il suo nome!»

«E come, se non parla!» gli dissi io.

«Con la coda!» disse lui, e spiegò il suo progetto: «Io gli vado vicino all'orecchio e gli dico un nome di cane. Se è il suo nome, lui me lo dice, con la coda o con la testa, come fanno tutti i cani quando li chiamano, no?».

«Idea!» esclamò Rossella. «Ora andiamo vicino a lui e facciamo come dice Silvano: diciamo un nome e vediamo se riconosce il suo».

«E io guardo la coda!» disse Silvano.

Era la prima volta, in quei quindici giorni, che ci ponevamo il problema di scoprire il nome del cane.

Seduti intorno a lui, che ci guardava tranquillo, cominciammo il gioco. Ognuno di noi, a turno, pensava un nome e lo diceva forte. Silvano era dietro a controllare la coda.

Cominciai io:

«Bill!».

Niente. Come se avessi detto una parola qualsiasi.

«Diana!» esclamò Silvano. E noi tutti a ridere, perché il cane era maschio. Toccò a Rossella, a Paolino, di nuovo a me.

«Dick!»

«Tom!»

«Leo!»

«Lassie!»

«Full!»

«Bobi!»

Niente. Sempre niente.

«Vuoi vedere che è proprio un cane senza nome?» dissi a Silvano.

E lui, pronto:

«Forse aveva un padrone così cattivo che non gli ha messo nemmeno il nome!».

«Ma come faceva a chiamarlo?» osservò Rossella.

«Col fischio» disse Silvano.

«I cacciatori, quando stanno cercando la selvaggina, non chiamano i cani col nome, ma col fischio» disse Paolino.

«Ma a casa un nome ce l'hanno tutti i cani, e anche lui. Dobbiamo trovarlo!» disse Silvano.

Tornati a casa scrivemmo su un foglio tutti i possibili nomi di cane che sapevamo e che ci dicevano i nostri genitori e il giorno dopo, che era l'ultimo delle vacanze, ci ritrovammo intorno al cane per scoprire il nome misterioso.

Prima di cominciare, Silvano gli carezzò la testa e gli disse piano:

«Tu, nella tua testona, il nome lo sai, vero?».

Il cane lo ascoltava, allegro, contento perché gli eravamo vicini.

«E noi lo scopriremo!»

Il cane mosse la testa come per dire sì.

«Avete visto?» disse Silvano. «Ha detto sì. Cominciamo».

A uno a uno cominciammo a pronunciare i nomi che avevamo scritto sui fogli e a osservare la reazione del cane.

Paolino:

«Doc! Tom! Firer! Rush! Tell! Roll! Bibo!».

Rossella:

«Tobi! Omero! Briciola! Virgola! Blitz! Toiffel!».

Silvano:

«Lupo! Rochi! Rintintin! Ciuffo! Pippo! Febo!».

A quel nome strano il cane rizzò le orecchie e dimenò la coda. Silvano urlò:

«Febo!».

Era davvero il suo nome. A quella parola il cane si voltava, si agitava, rispondeva.

«Febo. Ma che nome è?» ci chiedemmo.

«Mah!»

«Chi te l'ha detto?»

«Papà».

«Chissà cosa vuol dire» diceva Rossella.

Andammo a vedere sull'enciclopedia: Febo era il nome di un dio, il dio della luce!

Febo! Il nostro cane aveva un nome. Il mistero era svelato.

Cap. 12

IL DIARIO

Tornato a scuola dopo le vacanze, raccontai ai compagni e alla maestra la storia del cane e lei mi invitò a tenere un diario, che mi faceva leggere ai bambini.

Ogni mattina raccontavo loro le novità: ormai Febo era diventato amico di tutti, anche se non l'avevano ancora visto.

Un giorno andammo tutti insieme a vederlo: Febo era accucciato sulla paglia e quando vide i bambini tentò di alzarsi. Io l'aiutai a tirarsi su e restò fermo, in piedi, per un po', come fanno i bambini piccoli quando per la prima volta riescono a stare in equilibrio da soli. Ma dopo un po' barcollò e cadde.

«Non importa, proviamo ancora» gli dissi.

E lui ci stava: si lasciava abbracciare il corpo e tirare su. Puntava le zampe davanti, poi spingeva in su il sedere e io l'aiutavo a sollevarsi fin che le due zampe posteriori erano tese.

Ce la metteva tutta e io gli dissi:

«Bravo! Presto lo farai da solo!».

Ogni piccolo fatto nuovo lo scrivevo nel mio diario e diventò una storia, ed è rileggendo quelle pagine che ora, dopo molti anni, mi è venuta l'idea di scrivere questo racconto.

Tutti i giorni, tornato da scuola, insieme con Paolino, Silvano e Rossella, andavamo da Febo.

Un giorno lo trovammo con Cicio, il gatto di Paolino: Cicio era beato tra le zampe di Febo come un bambino piccolo in grembo alla sua mamma e Febo, con la lingua, lo leccava. E Cicio lasciava fare.

Entrammo e i due continuarono a coccolarsi.

Spesso Cicio andava da Febo: mangiavano insieme nella stessa ciotola senza litigare per il cibo, dormivano insieme sulla paglia, giocavano. Erano due amici.

Qualche giorno più avanti (sul diario c'è la data del 25 gennaio) trovammo Febo in piedi, sicuro di sé, che tentava di camminare. Fece qualche passo verso la porta aperta, poi si fermò.

Noi dal cortile lo chiamavamo:

«Vieni, Febo, vieni qui!».

Lui si guardò attorno, fece qualche passo avanti barcollando un po' e uscì. Posò una zampa sulla neve e la sollevò subito forse perché sentì freddo. Ma non scappò dentro: guardava tutto, a destra, a sinistra, curioso. Sembrava dire: "Dove sono? Questa non è la mia casa! Cosa è successo?".

Ma riconosceva noi, i suoi amici, e riprendeva fiducia e sicurezza.

Da quel giorno lasciammo la porta della stalletta socchiusa, così se voleva poteva uscire. E usciva.

Lo trovavamo spesso là, davanti al cancello chiuso ad aspettarci. La mamma di Paolino diceva che veniva lì all'ora del nostro ritorno, ad aspettarci e noi ci chiedevamo come faceva a sapere l'ora.

«Forse ascolta le campane» diceva Silvano «e conta i rintocchi».

Una cosa per volta scoprì ogni angolo del cortile: il sottoportico con gli attrezzi per il lavoro, il pollaio con le galline e il gallo. Quando entrò nel pollaio la prima volta scatenò una rivoluzione, le galline si misero a svolazzare di qua e di là e a fare versacci nella loro lingua per cacciarlo fuori. E lui stava là incantato a guardarle, fin che si calmarono perché capirono che non faceva loro del male.

Furono le galline che gli insegnarono a correre: quando ne vedeva qualcuna razzolare nel cortile, le rincorreva per giocare, e loro scappavano. E lui dietro. Cadeva ma si rialzava.

Allora le altre galline, a sentire il trambusto, rizzavano la testa e facevano *co co co co*, come se ridessero sottovoce di quei capitomboli.

Cap. 13

IL GIOCO DELLA PALLA

La neve si sciolse, nel cortile spuntò l'erba nuova, la mamma di Paolino portò fuori i vasi degli oleandri e dei gerani, le galline razzolavano in ogni angolo e Febo, che aveva già scoperto tutto quello che c'era nel cortile, passava i giorni dormendo e giocando con Cicio.

Camminava su tre zampe, una delle quali era più corta e la usava solo per appoggio per non cadere. Per questo aveva un modo buffo di camminare a saltelloni usando le due zampe buone, una davanti e l'altra dietro, come trampoli di saltimbanco.

Lo zio di Rossella ci disse che le ossa si erano ormai saldate, ma storte e che bisognava abituare Febo a usare tutte le zampe, per irrobustire i muscoli. Così noi gli facemmo l'allenamento un po' ogni giorno, come fanno gli atleti per essere sempre in forma.

Il primo allenamento era camminare e correre: ora che il tempo era bello, nel pomeriggio andavamo nei campi intorno al paese, su e giù per i sentieri. Ogni giorno un pezzetto di più.

Il secondo allenamento era saltare, per sviluppare i muscoli delle zampe dietro. Allora invece di dargli i cibi solidi nel piatto, glieli offrivamo con la mano, tenendoli in alto sopra la sua testa: lui allora si rizzava sulle zampe posteriori e cercava di afferrarli spingendosi in alto. Oppure gli buttavamo al volo pezzetti di pane e di carne e croste di formaggio.

In principio faticava a coordinare i movimenti ma a poco a poco era diventato agile e abilissimo a cogliere a volo il cibo, come un portiere di calcio che afferra in presa i palloni alti.

Un pomeriggio eravamo in un praticello dietro casa mia a giocare al pallone e a un tratto lo vedo venire con la sua corsa traballante per la stradina. Io ero portiere e la mia squadra giocava bene, però anche gli altri avevano dei giocatori bravi: uno in difesa e Paolino all'attacco. Quando Paolino veniva avanti non capivi mai che cosa avrebbe fatto: era bravo a passare la palla ai compagni liberi ma era anche bravo a fare finte, dribblare e tirare subito.

Avevo appena parato un suo tiro in calcio d'angolo e poi avevo bloccato il tiro dalla bandierina. La partita era ancora sullo 0-0 ed era molto equilibrata: anche noi avevamo un'ala veloce e un terzino bravo.

Avevo appena lanciato il pallone lontano verso la nostra ala veloce, quando dietro di me sentii il verso di Febo, metà guaito e metà sbadiglio, che voleva dire:

«Ehi, sono qui anch'io!».

Gli feci una carezza frettolosa sulla testa e gli indicai il posto dietro il paletto della porta dove accucciarsi. Lui si accucciò e guardò i ragazzi giocare.

Le azioni si susseguivano veloci da una

parte all'altra, e a un certo punto il nostro terzino fermò di testa un attacco avversario ma il pallone arrivò a Paolino, che di scatto anticipò la difesa e si presentò solo in area davanti a me. In questi casi il portiere deve uscire e buttarsi sui piedi dell'attaccante per cercare di rubargli la palla e così feci: ma lui fu più svelto, colpì il pallone e lo spedì alle mie spalle verso la porta vuota. Io ruzzolai a terra e mi voltai di scatto e vidi la palla che stava per entrare in rete. Ma proprio mentre stava per superare la linea bianca, Febo scattò, fece un salto e la rimandò col muso in campo, poi la rincorse per l'area e io mi buttai fra le sue zampe e gliela rubai.

Allora scoppiò la cagnara: chi voleva il gol anche se la palla non era entrata in porta, chi rideva per la parata del cane, chi brontolava. E in mezzo a noi, lui che correva e saltava perché voleva la palla e giocare.

Io e Paolino cercammo di fargli capire che doveva stare a cuccia fuori del campo e lo accompagnammo dietro la porta. Ma lui non capiva le regole del gioco e quando vedeva i ragazzi correre, si buttava in mezzo, rincorreva il pallone e lo spingeva col muso come noi facevamo con i piedi. Era bravo, svelto, ma le sue regole erano diverse dalle nostre: a lui non importava vincere, si divertiva e basta. E visto che non era contro nessuno, ci accordammo di lasciarlo fare. Anzi era più bello così perché lui era il giocatore in più, imprevedibile, che dava allegria e vivacità al gioco.

Cap. 14

AL FIUME

Una bella domenica di maggio facemmo una gita esplorativa al fiume. L'idea era stata di Rossella, che voleva raccogliere erbe e fiori per il suo libro-erbario. Rossella amava le piante di ogni tipo e i fiori, specialmente quelli piccolissimi e sconosciuti, e quelli che spuntano tra le pietre, sui muri, nelle crepe dei marciapiedi, persino tra la ghiaia dei binari ferroviari. Lei le chiamava erbe "forti e coraggiose" perché vivevano nei punti meno adatti alla nascita e alla crescita, sfidando il cemento.

Con queste erbe umili che nei giardini e negli orti sono strappate come erbacce, aveva già completato un libro-album: in ogni pagina un'erba vera seccata, con il cartellino che riportava il luogo dov'era stata raccolta, come la chiamava la gente, e il suo nome scientifico. Ma più che i dati, a Rossella piacevano le loro forme.

«Guarda questa» diceva. «È nata nel cemento e pare una stella, con i rametti che sembrano raggi e le foglioline a forma di cuore».

Nel suo libro delle erbe "povere" c'erano fiori piccolissimi e foglie di tante forme che lei disponeva sulla pagina con ordine, come se fosse un quadro. Ogni pagina era inserita in un foglio di plastica che proteggeva le foglie e i fiori. Ora si era messa in mente di fare un libro con le erbe del fiume, quelle che nascono sulle spiagge e lungo le rive. Per questo aveva proposto la gita esplorativa, una giornata intera in campagna. Con Febo, naturalmente.

Preparammo borse e zainetti con i panini e le bibite e di buon mattino prendemmo il sentiero dei prati e via. Noi cinque: io, Silvano, Paolino, Rossella e Febo.

Il nostro paese, tanto tempo fa, era sulla riva del fiume, in un punto dove il letto era larghissimo e dove c'era il guado. In quella zona sono state trovate palafitte e resti di un villaggio. Poi, per evitare le inondazioni, furono costruiti gli argini che sono come muri di terra che tengono prigioniero il fiume, e il terreno rimasto fuori dagli argini, dove prima arrivava l'acqua, fu coltivato a prato. Stavamo appunto attraversando quei prati per arrivare al grande argine, al di là del quale si vedevano le cime dei pioppi che in quei giorni lanciavano al vento i loro piumini volanti. Si era infatti alzato un venticello fresco che li portava lontano e li faceva brillare al sole. Sembrava una fantastica nevicata estiva.

«Che bello!» diceva Rossella. «Peccato che mi facciano starnutire».

«Ma perché le piante fanno la nevicata?» le domandò Silvano.

E Rossella gli spiegava che quei piccoli fiocchi volanti erano come tanti baci, che le piante mandavano in giro per il mondo, alle altre piante, e ogni fiocco era un semino che poteva far nascere altre piantine.

Silvano non capiva molto e rideva.

«Le piante si danno i baci?» diceva e poi, rivolto a Febo: «Guarda Febo quanti baci che volano nell'aria!».

Chissà se Febo capiva, fatto sta che ogni tanto, quando ne vedeva passare qualcuno vicino, saltava e cercava di mangiarlo, e se qualche piumino gli si infilava nelle narici, cercava di toglierselo con la zampa e starnutiva. E via a salti.

Ogni tanto usciva dalla stradina ad annusare l'erba, i fossi, tutto. E dove lui frugava saltavano fuori dall'erba sciami di moscerini che si mettevano a fare il girotondo al sole, cavallette che facevano i salti in lungo, farfalle ballerine che piroettavano contro il cielo azzurro. Le farfalle lo facevano impazzire: voleva catturarle e correva, saltava, guaiva ma loro, più svelte di lui, con una piroetta erano fuori dal suo tiro. Allora lui cercava altri motivi per giocare alla caccia.

A un certo punto lo vedemmo immobile come una statua, le orecchie ritte, la testa tesa in su, lo sguardo fisso in avanti. Nel

prato non si vedeva nulla, c'era solo un piccolo cumulo di terra.

Lui fissava proprio il cumulo e all'improvviso partì di scatto e con la zampa cominciò a disfare il cumulo e a buttare lontano la terra, finché apparve il foro della galleria scavata dalla talpa: ma la talpa era già fuggita. Lui annusava e guaiva, annusava e raspava.

«Andiamo Febo, lasciala in pace dentro la terra!» E proseguimmo.

Arrivati vicino all'argine, mentre caracollava al nostro fianco, all'improvviso sentì qualcosa. Allora cominciò a frugare col muso nell'erba, avanti e indietro, di qua e di là e finalmente si fermò: faceva ancora la statua, immobile, la zampa alzata, le orecchie dritte, il corpo tremante per la tensione.

Ci fermammo anche noi per vedere che cosa aveva Febo davanti a sé, ma non vedevamo altro che erba e fiori. Ci avvicinammo e il rumore dei nostri passi spaventò il leprotto che lui vedeva, e il leprotto saltò fuori dall'erba dove era nascosto e fuggì: fece due salti di qua, poi di scatto cambiò direzione. E Febo dietro, abbaiando e zoppicando.

Ma la lepre, lestissima, arrivò in fondo al prato, saltò un fosso e sparì in un campo di grano. Il cane rimase là a fissare il punto dove la lepre era scomparsa. Si voltava verso di noi e guaiva.

«Lasciala andare e vieni qua!» gli ordinò Rossella. «Noi non siamo cacciatori».

Silvano corse vicino a lui e gli fece vedere il collare e il guinzaglio.

«Se non lasci stare i leprotti, te lo metto!» gli disse. Allora Febo tornò fra noi ma si capiva che pensava alla lepre, si voltava, annusava, fissava quel punto.

Il fiume era in magra e c'era una grande spiaggia di sabbia bianca sulla quale giacevano due tronchi d'albero secchi, trasportati dalla piena e rimasti lì. Febo si lanciò fra le canne e arrivò nel mezzo della spiaggia. Là si fermò e ci chiamò: *bau.*

Scendemmo con un po' di fatica fra i cespugli della riva e arrivammo vicino a lui. Ci levammo le scarpe: la sabbia era fresca, si stava bene. E Febo era anche lui felice: si buttava sulla sabbia a pancia in su, si grattava la schiena, scavava buche, faceva capriole, fece pipì contro un tronco secco, abbaiava per dire che era bello, bellissimo. Poi saltellando arrivò dove c'era l'acqua e ci chiamò ancora: *bau bau.* Poi entrò in acqua senza paura e nuotava.

Rossella intanto cercava sulla sabbia, vicino all'acqua, le piantine per il suo erbario mentre Paolino era andato in cerca di un posto per accamparsi e depositare gli zainetti.

Col cane restammo io e Silvano.

Febo era felice nell'acqua: nuotava lento e sicuro, la testa fuori e tutto il corpo sotto. Entrammo anche noi in acqua, con i piedi. Noi camminavamo lungo la riva e Febo ci nuotava accanto, più al largo. Arrivammo alla fine della spiaggia, dove c'erano cespugli e un piccolo stagno con le canne di palude.

Febo uscì dall'acqua, si scrollò mandando

tutt'intorno una nuvola di gocce e puntò subito dentro lo stagno. Anche lì era attento a tutto e a un tratto "segnò" qualcosa; sulla superficie dell'acqua, tra le canne, si muoveva a zig-zag una pallina scura: la testa di una biscia! Sapevo che le bisce d'acqua non sono velenose e guardavo il suo lungo corpo sinuoso che ondeggiava sott'acqua. A un tratto Febo si buttò dentro, afferrò la biscia con i denti, la scrollò e la buttò sulla riva: morta.

La guardammo. Silvano la toccò col dito.

«Che male ti ha fatto!» gli dissi.

Ma chissà che cosa capiva il cane, perché tremava di piacere e sventolava il codino.

A mezzogiorno Paolino fischiò tre volte: era il segnale del pranzo. Ci ritrovammo tutti sullo spiazzo erboso scelto da lui, sedemmo in cerchio e cominciammo ad aprire gli zainetti del cibo.

Febo, seduto tra me e Silvano, attendeva la sua razione. E fu servito per primo: si pappò al volo tre panini che gli lanciammo a turno. Poi le croste del formaggio, la pelle delle fette di salame e gli altri resti. Infine gli offrimmo una ciambellina: mangiò anche quella e raccolse in terra fino all'ultima briciola. Poi fece tre capriole, abbaiò di allegria, andò a bere al fiume e si mise a cuccia.

Rossella intanto ci mostrava le erbe che aveva trovato e aveva messo in una vecchia rivista, un'erba in ogni pagina.

In quel momento sentimmo dei passi dietro di noi: qualcuno camminava oltre i cespugli ma noi non lo vedevamo.

Ci apparve all'improvviso: il guardiacaccia. Guardò subito il cane e disse:

«Ecco i salvatori del cane!».

«Si chiama Febo!» gli disse Silvano.

Il cane, a sentire il suo nome, si alzò e ci guardava per avere un ordine.

«Bel lavoro che avete fatto!» disse l'uomo. «Un cane zoppo, un mezzo cane, buono a nulla, infelice!»

«Invece è contento!» rispose Silvano.

Intanto Febo si era alzato e annusava i piedi della guardia.

«Lui è un cane da caccia, e se non va a caccia soffre. Se ascoltavate me...» continuò.

«Tu lo volevi ammazzare!» gli gridò allora Silvano.

Il guardiacaccia si arrabbiò, disse:

«In questo mese è proibito portare i cani nei campi senza guinzaglio, non lo sapete?».

«Eccolo qui il guinzaglio» disse Silvano e glielo mostrò.

«Gliel'abbiamo appena tolto» disse Paolino.

«Per farlo mangiare, se no si strozzava» spiegò Rossella.

«Adesso glielo metto» disse Silvano. E glielo mise davvero.

Come se capisse tutto, Febo lasciò fare e si accucciò ai nostri piedi.

La guardia ci raccomandò di non farlo correre libero nei campi per non disturbare la selvaggina.

«Per questa volta non vi metto la multa,» disse «ma ricordatevelo».

Finalmente se ne andò.

Quando fu lontano Rossella disse:

«Uffa, quel noioso!».

E riprendemmo a giocare sulla sabbia dove non c'era selvaggina.

Cap. 15

ESTATE CON FEBO

Quell'estate con Febo fu una continua e straordinaria avventura.

Il mattino Rossella aiutava sua madre a vendere il pane, io, Silvano e Paolino eravamo occupati nei piccoli lavori di casa che mamma e papà ci affidavano: verniciare la scaletta di legno, innaffiare i fiori e gli ortaggi, fare la spesa.

Ma il pomeriggio era tutto nostro. Nostro e di Febo.

Il cane lo sapeva: infatti il mattino, dopo la colazione, si accucciava in un angolo del cortile, all'ombra, e dormiva. Ma il pomeriggio, appena qualcuno si faceva vedere, nessuno lo teneva più: si agitava tutto, faceva saltarelli di gioia, ci leccava i piedi e le mani, ci ruzzolava fra le gambe.

Allora si andava per i sentieri della campagna, cambiando sempre itinerario. Scoprivamo così anche noi, insieme a Febo, il paesaggio della nostra terra: i prati e il fiume nella parte bassa, le canaline d'irrigazione, le vigne, le cascine nella parte alta. Nelle canaline di cemento che portavano l'acqua ai campi si poteva fare il bagno. Nelle cascine isolate nella campagna scoprivamo le mucche nelle stalle, e nei cortili altri cani e gatti, galline, faraone, persino i pavoni dalla coda a ruota di tanti colori. Nelle vigne c'erano tanti grappoli ancora verdi che il sole stava maturando.

Scoprivamo anche i piccoli paesi, dove c'erano poche persone e c'era sempre qualche anziano che ci chiedeva da dove venivamo e ci raccontava qualche fatto della sua vita. Camminando scoprivamo uccellini strani, animaletti che vivevano nella terra, e fiori. E parlavamo di tante cose.

Rossella si incantava davanti a certi piccoli fiori nascosti nell'erba che lei guardava con una piccola lente che aveva sempre con sé: diceva che erano bellissimi e ce li mostrava come cose preziose e li faceva vedere anche a Febo che tutto apprezzava con il suo *bau*, e qualche volta glieli mangiava.

«Ah» gli diceva allora Rossella. «Non capisci proprio niente!»

Se passava un aereo, partivamo con lui sulle ali della fantasia e parlavamo dei popoli della Terra che vivevano dall'altra parte del mondo. Silvano da grande voleva fare il pilota per andare in India, in America, in Africa.

Paolino invece non aveva ancora deciso se fare lo scienziato o il giocatore di calcio.

Io ero il più incerto: mi sarebbe piaciuto fare tante cose nella vita, non una sola come fanno gli adulti, sempre quella. Mi sarebbe piaciuto diventare un bravo suonatore di tromba, che ha una voce forte e piena, ma anche guidare i treni e le navi, o dipingere.

Meno pensieri aveva Febo, che annusava tutto, curioso: per lui la vita era più sempli-

DILETTA

ce, mangiare, dormire, andare a spasso. Ma era vero?

Silvano diceva che Febo pensava, ragionava e ricordava come noi, e che glielo diceva nella sua lingua del *bau.*

Un giorno arrivò un temporale improvviso mentre eravamo nei campi: si levò un vento forte che portò nuvoloni scuri e a un tratto lampeggiò, il cielo rimbombò di tuoni e cominciò a piovere.

Sapevamo che in quella zona c'era un casottino dentro una vigna e corremmo per ripararci là. Ma non facemmo in tempo, allora ci riparammo sotto un grosso gelso, le cui fitte foglie e il tronco ci ripararono un po'.

Febo era rannicchiato fra le nostre gambe, aveva paura dei tuoni, al rimbombo guaiva come se piangesse. E Silvano gli spiegava:

«Il cielo fa *bum bum*, ma non è la guerra. Della guerra sì devi avere paura, non del temporale. E dopo torna il sole e noi corriamo a casa».

Silvano diceva che Febo lo capiva, infatti riusciva a quietarlo. Ma la paura non gli passava: stava rannicchiato, la testa sulle zampe, sbirciava in su con gli occhi tristi e teneva il codino ben stretto fra le zampe.

Finita la pioggia ci lanciammo di corsa verso il casottino e Febo rimase indietro, zoppicante e pauroso. Poi, con un'altra corsa arrivammo a casa.

Aspettammo Febo ma lui non veniva. Come mai? Decidemmo allora di tornare a cercarlo.

"Chissà dove si è cacciato, con la sua paura dei tuoni!" pensammo.

Invece, alla prima casa del paese, lo trovammo al guinzaglio della guardia accalappiacani, che lo aveva catturato.

«È la seconda volta che lo trovo senza guinzaglio» disse. «Alla prossima lo porto al canile».

«Ma c'era il temporale, dovevamo scappare a casa» spiegò Rossella.

Silvano corse da lui e gli mise il collare e il guinzaglio.

Allora la guardia disse:

«Quand'è che vi decidete a prendere un bel cucciolo invece di questo cagnone zoppo e brutto?».

«Brutto sei tu» disse Silvano tra i denti mentre lo accompagnava a casa.

Cap. 16

DIANA

In ottobre le vigne erano cariche di bei grappoli gonfi e maturi e quando fu il tempo della vendemmia, zio Piero, che aveva un vigneto vicino alla sua cascina non lontano dal paese, ci invitò.

Ci andammo tutti, compreso Febo. Ma a lui non interessavano i grappoli da cogliere e mettere nelle ceste: girava tra l'erba sotto i filari, fiutava, rincorreva qualche farfalla, cercava chissà che cosa.

Mentre stavamo caricando sul carro la prima cesta piena, udimmo l'abbaiare di un cane nella cascina e Febo drizzò subito le orecchie e andò in agitazione.

«È Diana» disse zio Piero.

Febo guardava noi ma voleva andare là, dove c'era la voce di un altro cane che lui certamente intendeva e gli diceva qualcosa.

Infatti, dopo qualche istante ci lasciò alla nostra vendemmia e partì. Silvano lo rincorse e riuscì a raggiungerlo, gli parlava nell'orecchio ma il cane non si lasciava persuadere.

«Lascialo andare, così gioca un po' con Diana» disse zio Piero.

E Silvano lo lasciò andare.

Dopo un po' sentimmo la voce forte di Febo e quella di Diana, più squillante e veloce, mescolate insieme come voci di bambini che giocano.

Quando portammo l'ultimo carico di uva nell'aia, Diana e Febo stavano ancora giocando. Era bello vedere come stavano bene insieme, come erano felici.

Non fu facile convincere Febo a tornare. Zio Piero dovette chiudere Diana in casa, ma Febo correva là, raspava con le unghie la porta e guaiva.

Chiusa dentro, Diana abbaiava. Era un bel concerto. Febo non voleva andarsene e guaiva, girava intorno, annusava, cercava un passaggio per entrare.

E noi tutti là a vedere lo spettacolo di Febo innamorato che voleva ancora giocare con Diana e nessuno aveva il coraggio di dirgli: “andiamo!” e di mettergli il guinzaglio.

Lo feci io, ma a fatica: il cane si divincolava, non voleva tornare, tirava verso la casa di zio Piero mentre io cercavo di trattenerlo e di convincerlo a seguirmi.

Silvano gli andò vicino, gli diceva all'orecchio:

«Dai Febo, andiamo a casa, domani veniamo ancora!».

Ma lui niente, guaiva e tirava disperato per vedere ancora Diana che dentro la casa lo chiamava.

Poi zio Piero entrò in casa, udimmo ordini severi e Diana stette zitta.

Allora anche Febo a poco a poco si quietò. Tornammo a casa, ma sempre tirandolo perché il suo pensiero era sempre là, dietro quella porta.

Cap. 17

IL TATO SCOMPARSO

Da quel giorno Febo pensava a Diana e appena trovava la porticina aperta se ne andava alla cascina di zio Piero a trovarla.

Zio Piero li lasciava giocare e quando veniva in paese per le spese, ci riportava Febo.

Il cane era sempre con noi e in paese lo conoscevano ormai tutti; si era abituato anche al guinzaglio, che gli mettevamo quando c'era il pericolo di incontrare la guardia. Ma lui, quando poteva, usciva da solo ad annusare tutto e a scoprire le novità.

Una mattina a scuola sentimmo raspare la porta della nostra aula: era lui. Quando la maestra aprì la porta, lui si fermò sulla soglia e ci guardava come se ridesse. Agitava il codino e aspettava che gli dicessimo: "Avanti!".

Tutti i bambini allora gli andarono vicino e gli facevano carezze. Qualcuno gli offrì la sua merendina e lui non se lo fece ripetere: aprì la bocca e la ingoiò al volo.

La maestra disse:

«Ecco Febo, il cane che abbiamo visitato quando era ancora incapace di camminare e non aveva ancora il nome. Da allora non l'abbiamo più visto ma di lui sappiamo tutto dal diario del suo padroncino. Oggi è qui con noi, ospite d'onore!». E lo fece entrare.

Lui aveva capito subito che era fra amici e annusò tutti e tutto: i piedi della maestra e dei bambini, le borse, i banchi, il cestino dei rifiuti.

Io volevo mandarlo a casa ma la maestra mi disse:

«Teniamolo con noi, questa mattina. Verrà a casa con te».

Lui si accucciò sotto il mio banco e mentre la maestra spiegava, si fece una dormitina. Dormiva e sognava, io lo sapevo, perché conoscevo bene il suo modo di dormire.

Tornammo insieme, e dopo la piazza, incontrammo alcune persone che parlavano agitate.

«Era qui» diceva una donna. «Ha giocato tutta la mattina nel corridoio mentre io facevo le pulizie e adesso, Dio mio, dov'è... dov'è?»

Era disperata.

Le chiesi chi cercavano e mi dissero che era scomparso il nipotino di tre anni che la mamma, operaia, aveva affidato a quella donna.

«Ora tornerà dal lavoro e non sappiamo dove si è cacciato!» diceva. E piangeva.

«Nel fosso non c'è, ho guardato io» disse un anziano.

Dalla finestra del piano di sopra si affacciò una donna. Era la nonna:

«In casa non c'è, né su né giù!».

«Avete guardato in soffitta?» chiese la donna sempre più disperata.

«Dappertutto!» rispose la nonna.

Intanto la donna invocava santa Maria perché proteggesse il bambino sparito e lo chiamava:

«Tato! Tato! Dove sei?».

Una voce dal cortile disse:

«Qui non c'è!».

Mi unii anch'io alla ricerca e lasciai Febo, che se ne andò per conto suo.

«Non può essere lontano» dicevano «perché era qui neanche mezz'ora fa».

Poco dopo arrivò la mamma di Tato e appena capì che cosa era successo si mise a piangere, non c'era verso di calmarla. Erano intanto arrivati altri bambini dalla scuola: Paolino, Silvano e altri. E tutti ci mettemmo a cercare il Tato che non si trovava più: nei cortili delle case vicine, in ogni angolo della via.

Mentre stavo osservando dal cancelletto di un giardino, arrivò di corsa Febo e mi afferrò i pantaloni con i denti.

«Lasciami!» gli gridai. «Sto cercando il Tato!»

Ma lui non mollava e per farlo smettere gli feci gli occhioni.

Lui lasciò la presa e si diresse verso la piazza, poi ritornò e di nuovo mi addentò i pantaloni. Allora capii. Lo seguii e lui, salterellando e zoppicando, mi portò davanti all'uscita del negozio degli alimentari dove erano accatastati scatoloni vuoti. Si diresse verso uno degli scatoloni e guaiva.

Dentro c'era il Tato, tranquillo, che giocava con il suo pupazzetto.

Lo presi in braccio e Febo abbaiò. Poi corse verso la casa e io dietro. Lo portai da sua madre che l'abbracciò stretto e diceva:

«Grazie, grazie!».

«L'ha trovato lui!» le dissi. «Era in uno scatolone».

Allora tutti parlarono di Febo e io me ne andai a casa con lui, fiero. Gli diedi un bacio e lui mi leccò la faccia.

Cap. 18

IL MISTERO

Ai primi di dicembre nevicò e la neve ci ricordò l'inverno dell'anno prima, quando c'era il cane senza nome che sembrava morire da un momento all'altro e facevamo i turni di giorno e di notte per salvarlo.

Ora sì potevamo giocare felici, rifare la montagna con la pista e Febo poteva giocare con noi.

Andammo da Paolino per giocare e trovammo la stalletta aperta e Febo non c'era. Sulla neve fresca non c'erano tracce, dunque era uscito prima che nevicasse: ma quando, e perché?

«Io lo so dov'è» disse Silvano con un sorriso. «È dalla sua morosa, la Diana!»

Già, non ci avevamo pensato. Andammo alla cascina di zio Piero, dove Diana ci salutò festosamente. Zio Piero era nell'aia a spalare la neve.

«No, qui non l'ho visto» disse.

Silvano ci restò male, e anche noi.

Andammo da Rossella e lei ci propose di scrivere un cartello da appendere nella sua forneria, dove veniva tanta gente: CHI HA VISTO FEBO, IL CANE ZOPPO, È PREGATO DI COMUNICARLO SUBITO QUI. GRAZIE. Lo scrivemmo col pennarello rosso e lo appendemmo. Ma per tutto il giorno nessuna notizia.

Mio padre diceva:

«A volte i cani se ne vanno per qualche giorno, ma ritornano».

Aspettammo tre giorni. Quattro. Cinque. Che giorni lunghi. Ma di Febo nessuna notizia.

Un giorno andammo dal guardiacaccia; e ci disse:

«Se l'avessi visto in giro l'avrei preso e portato al canile».

Il canile! Ci guardammo in faccia e ci ritornò la speranza.

«Forse è là!» disse Paolino.

Il canile era fuori del paese, in un cascinale abbandonato. Il custode era un ometto vestito male, sembrava un mendicante. Aveva la barba lunga e i capelli spettinati.

«Cosa volete?»

«Cerchiamo un cane zoppo».

A sentir parlare, i cani chiusi in una baracca, cominciarono ad abbaiare.

«Non c'è» disse l'ometto. «Qui ci sono cani spelacchiati, rognosi, rabbiosi ma zoppi no. Non so quando viene il "guardia" a fare un po' di pulizia».

«Hai sentito? È il guardiacaccia che li prende e li ammazza!» mi sussurrò nell'orecchio Paolino.

Intanto i cani latravano in modo pietoso.

«Possiamo vederli?» domandai.

Ci aprì il finestrino della baracca e guardammo.

C'era una decina di cani magri, sporchi, piccoli e grossi, di razze e colori diversi, alcuni stesi a terra, altri in movimento continuo, che saltavano verso il finestrino e abbaiavano, ululavano, guaivano. Li guardammo a uno a uno: Febo non c'era.

«Da dove vengono quei cani?» chiesi al custode.

«Li prende il "guardia"» disse. «Sono bestie abbandonate dai padroni».

«Ma perché li abbandonano?» domandai.

«Perché sono più bestie dei cani» disse l'ometto. «Quando si tiene un cane bisogna volergli bene, come a un figlio».

Quell'uomo aveva un cuore e gli raccontammo la storia di Febo.

«Chissà dov'è. I cani a volte sono strani, vanno via e poi tornano ma non dicono perché. Forse hanno nostalgia del loro padrone».

Ma Febo non tornò.

Quando venne Natale, mamma fece indossare anche a Silvano i pantaloni lunghi e andammo insieme alla Messa grande. Passammo davanti al fosso dove l'anno prima giaceva il cane ferito.

«Era qui!» disse Silvano indicando il punto esatto.

Dopo la messa andammo a vedere il presepio: stavolta non c'era la capanna, ma la statua di Gesù Bambino in primo piano, così vicino che se allungavi la mano lo potevi toccare. Silvano allungò la mano e riuscì davvero a toccarlo. Sentii che gli diceva, piano:

«Vero che tu lo sai dov'è?».

Silvano mi tirò la manica del cappotto:

«Mi ha sorriso» mi sussurrò.

«Andiamo!» gli dissi.

«Aspetta» disse lui. «Devo domandargli una cosa». Si avvicinò più che poté e gli sussurrò: «Il paradiso dei cani c'è?».

Tornammo a casa lentamente, senza voglia di parlare. Leggeri fiocchi di neve volavano nell'aria e bagnavano il viso.

A casa c'era zio Piero, venuto per gli auguri. Era seduto in cucina, con un bicchiere di vino bianco in mano. Bevve un sorso poi ci disse:

«Ragazzi, Babbo Natale è passato di là e mi ha lasciato una cosa per voi». Sorrise, strizzò l'occhio, si alzò e andò nel ripostiglio a prendere una cesta. Con mistero la pose sul tavolo: dentro, accucciato nella paglia, c'era un cagnolino! Era bianco con macchie marroni. Silvano lo carezzò, lo prese in braccio e lo baciò sulla testa.

«È mio!» disse.

Zio Piero ci guardava e lentamente, misteriosamente, ci disse:

«Indovinate chi è! La sua mamma è Diana, il suo papà...».

«Febo!» gridammo tutti e due insieme.

Zio Piero rideva contento. Silvano posò il cucciolo sul tavolo e lo osservò bene.

«È zoppo anche lui?»

«No, è perfetto. Trattatelo bene».

«Che nome ha?» chiese Silvano.

«Nessun nome. Glielo darete voi».

«Febo!» gridò Silvano. E lo prese in braccio e corse via da Paolino e Rossella a dare loro la bella notizia che Febo era ancora con loro.

Di Febo padre non avemmo più notizie. Sono passati tanti anni da allora e il mistero del cane zoppo rimane.

Dov'è finito Febo?

INDICE

Anna Lavatelli
Tito Stordito

Anna Sarfatti
Capitombolo sulla terra

Giusi Quarenghi
Io sono tu sei

Fabiana Camerin
Lilli e le streghe di Cork

Lucia Tumiati
Il mio amico invisibile

Marie-Sophie Vermot
Ma chi ti credi di essere?

Fabrizia Poluzzi
Topomostro

Mario Lodi
Il mistero del cane

Carlo A. Martigli
Duelli, castelli e gemelli

Paola Mingoni
La fabbrica dei topi

Chiara Rapaccini
Dammi un whisky, Samanta!

Silvia Roncaglia
Il grande sbadiglio

Elisa Prati
I pensieri nell'armadio

Christine Nöstlinger
Occhio al professore!

Luigi Ballerini
L'estate di Nico

Dalia B. Cohen
Uri e Sami

Anna Lavatelli
Tito Stordito

Tito non sembra molto sveglio: si lascia prendere in giro, crede a ogni sciocchezza, non reagisce ai bulli. O almeno così sembra a chi non sa che dietro alla sua ingenuità c'è un'intelligenza acuta. Leggere per credere!

Anna Lavatelli è ormai da anni un'autrice molto amata, sia dai piccoli che dai più grandi. Riesce a raccontare storie divertenti dicendo cose importanti. Che sia anche per questo che ha vinto il Premio Andersen?

Fabrizia Poluzzi
Topomostro

Dalla sera in cui un topolino è entrato in camera di Adelisa, ogni notte arriva topomostro, un grande e tremendo essere che la terrorizza. Ma Adelisa troverà il modo di liberarsene, insieme a nuovi amici.

Fabrizia Poluzzi è insegnante di materie letterarie e illustratrice scientifica. Vive a Bologna, in una casa che sta all'ombra di un carrubo centenario. Il suo amico più fidato è Teo, un bellissimo levriero che si arrotola ai suoi piedi quando lei scrive o disegna.

Fabiana Camerin
Lilli e le streghe di Cork

Lilli è grassottella, non ama la matematica e viene presa in giro per l'uno e l'altro motivo. Ma tutto cambia quando incontra uno strano gatto nero, che parla (male) e la guida (benissimo) in un viaggio verso l'Irlanda, a conoscere alcune folli streghe di Cork.

Fabiana Camerin vive a Brescia e fa la contabile. Siccome passava le giornate a cercare di far apprendere le tabelline a una delle sue quattro figlie ha deciso di chiedere aiuto alle streghe di Cork… E lì è nata Lilli.

Lucia Tumiati
Il mio amico invisibile

È bello avere qualcuno, non importa se immaginario, con cui confidarsi in un momento difficile come il trasloco in un'altra città. Soprattutto se grazie a questo inseparabile amico si possono scoprire tante piacevoli sorprese.

Lucia Tumiati è una delle più apprezzate autrici per l'infanzia. Nata a Venezia, ora vive a Firenze. Ha scritto molti libri per bambini e ragazzi, raccontando storie vere e fantastiche. Ma nessuno sa ancora se ha davvero conosciuto Pac.

Marie-Sophie Vermot
Ma chi ti credi di essere?

Manda è stato adottato. Si arrabbia molto se Georges, il suo peggior nemico, lo chiama Carbone e non sopporta di sentirsi dire che è stato trovato nei rifiuti. Quando i suoi genitori gli annunciano che hanno deciso di adottare una piccola vietnamita, Manda comincia a preoccuparsi per la nuova sorellina.

Marie-Sophie Vermot è nata a Montreuil. Vive con il marito e i quattro figli in Normandia, dedicandosi alla scrittura, alla pittura e alla scultura.

Giusi Quarenghi

Io sono tu sei

BIBLIOTECA DI MELO VESPERTINO

LABORATORIO PER RAGAZZI DAI 7 AGLI 11 ANNI

"LA VITA È TANTE STORIE IN CERCA DI AUTORI.

CHI SI OFFRE?"

Per Beatrice e Aziza è l'inizio di un'amicizia, e per tutti i lettori comincia un'avventura alla scoperta delle diversità...

Dal suo primo libro per bambini (nel 1982) Giusi Quarenghi ha scritto storie, filastrocche, racconti, romanzi, sceneggiature per disegni animati. Tra le più amate autrici italiane, nel 2006 ha vinto il prestigioso Premio Andersen.